大橋英人

パスタの羅んぷ

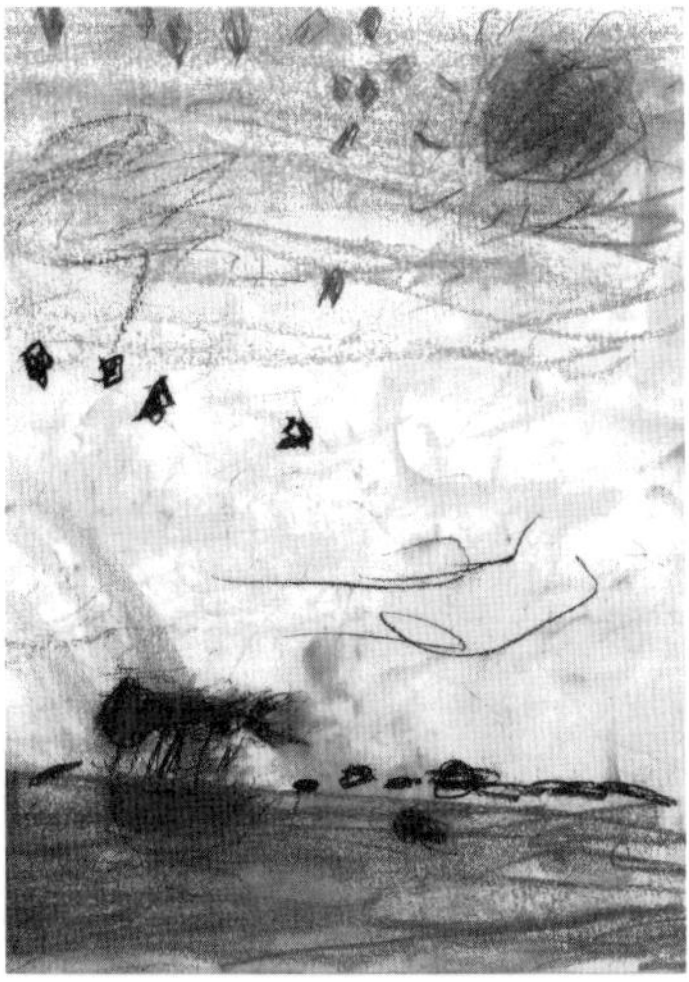

序

くしゃみ

くしゃみをしたら
ぼくまでとんでいった
じかんに
のっかって
すなのような
未来を
とんでいたのだが

寒さに
ぶつかって
そこで目がさめた

パスタの羅んぷ／目次

目次

II　２０１５～２０１７　ランプの凪

詩集

パスタの羅んぷ

I

2018〜2020　ランドセルの風

牧野の、シンちゃん

やっぱり　ゴミだね
がれきだね
ちらかっているもの
そこから先は
ずっと
山奥の
吊り橋のようなもの

ランドセルは
おもすぎる

こんどボク　遠いけどいいところにいくの　おバアちゃんのこどもになるから
ササキになる　いっぱいべんきょうしてえらくなって帰る　そしたらまた来る
ときおりふいに遊びにくるシンちゃんが　ある日うれしそうにノロノロろれつ
のよくまわらない口調ではなしはじめた　私が小学生のころだから　シンちゃ
んはおそらく二〇歳をこえていた
いつだって話はきゅうにとぶし　ひきつるように口をゆがめてしゃべる
　バカじゃないもの　シンボウが少しまがっているだけなんだって
そしてまもなく砂塵のようにひっこした
あのころから六〇余年私はそのようなことなどすっかり忘れ
思いだすこともなかった

うすノロ　アホのにいちゃん
わたしをおおっていた
ランドセルと、あおい錆

（生きていれば　ゆうに九〇歳をこえている）

砂でなく
ゴミでなく
サビは
針のように
うかぶから
シンちゃんの声は
片道だけの

仮設のまま
で

島のサイレン

サイレンは
泡のように　にげるための足だから
ふつうの靴では
父も島も
すごく危ない
モノで

わける目線の先にも
パパイアはあるのだろうか
泥も泡も
ゲートルのようにおもく、かつ遠い
風だ

ある夜、見知らぬ人から唐突に電話があった。白豚黒豚のことを調べている。戦地での状況を知りたいので御尊父の副隊長殿につないでほしい。多くの兵が餓死したニューギニア戦線。食料の補給が途絶え、終には人肉に手をつけた日本兵がいたということ。ご存じとは思うが、白豚は白人、黒豚は現地人（同胞なら、さぞ和豚とでも呼ぶのであろうか）父の所属部隊は、西部ニューギニア「マノクワリ」支隊　第五揚陸隊　第二中隊・日野隊。

石コロデハ無イ。私トテ風ハ読ム。只、父ハ近ク他界シタバカリ。モッコモ泥モ島ノモノ。島ヲ知ラナイ私ハ、父ノ戦友N氏ニ引キツギ其レ以上ノ関与ヲ避ケタ。
　以来３０余年。砂モ瓦礫モドコカ石コロニ近イ　土足メイタモノ。只一度キリノ仄暗イカンテラノ人。低イ声ナガラ、元憲兵デモ公安デモ無イ。人間トシテ泥モ泡モ容認デキナイ。ガレキノヨウニ靴ヲ追ッテイル、ヒトリノ元日本兵デアル。

黒豚　白豚
ふつうの靴の
カビではない
ウジ虫にもあるまじき
その真偽
カゲロウのように　石をころがしつみあげた
レンガというもの
このスクランブル交差点

それでも　なお
島は
はるかにサイレンより
も

いちばん遠い場所

商いは
こそくな弓のように
眉をすぼめて
飴を
ならべる
皿はおもいが
鉢ではない

手にとるほどの
バケツのような水さしも
そまつな紙の
箱だから
福井県坂井市三国町平山
砂にも
塵にも
しずくのようにうずくまるだけ
の人が　いて
石のように蝉がないていた
　未ダアノ時ナラ、ガーゼニクルマレタ僕ニハ　仄カニ湯葉ノヨウナ温モリが
残ッテイタ　事実バケツモ水差シモソノママニ　ソノ日モ元気ニ僕ハ朝カラ
亀ノ子ノヨウニ　手足ヲ

今は白く小さい骨だから　もう滴のような花ほどにも悔しさはない　石のこ
とも砂のことも　だいいち抜け殻のような人が誰であろうと　産衣と飴が
ガーゼのように　はっきりとそこに在ったということだけで　すべてを水に
ながしていいのです
　砂ニモ土ニモ　一番トオイ場所ダカラ

ふつうのしずく、
ふつうの氷　ふつうの鉛
すべらかにおそろしいことのできる人
近在の商いは
セミのようでも
ちかって　この世のものでない
陸路のさきの
鉛など

あの、
石の弓にこそ　まっ先に

パイプの、骨

日傘ほどにも
軽くはない
この　ながい
プレート
アルミとはちがう
鉄とはちがう
ほとんど　ゴミの袋に

近いから
バァちゃん、今日はデイ・ケアじゃなくF園の見学に行く　行き先はつうじょう百人待ちといわれる当特養ホーム　手続きはすでに終えている
いきなりだまし絵のようなウソのブーケでプレートに　そしてその後一度も自宅に迎えることはしなかった　そのうえうまれたひ孫に会わせることもそのころ日本中でインフルエンザが猛威をふるい　いたるところ感染予防に大騒ぎしていた　私は老母より里帰りの娘とはつ孫をとった　（ひ道なわたしの仕うちを口にすることはなかったが　プレートに先の袋も　骨の数では定かでない）
入所後一年　容体悪化のため入院したI病院でひっそりと母は豆腐のように冷えきって死んだ　延命の胃瘻処置をことわるなら出てほしい　なにぶん綱渡りするようなそのすぐ後の転院予定日のまだ早い朝
その昔　母になんども『うば捨て山』の話をせがみ　そのつどコワいコワい

　とはしゃぎながらぬくぬくとそだてられた私であるが
万人の　うすくひとしく
やさしい
プレート
寒いから死んでやる
針ほどにも
ふかくない
豆腐
寒いから死んでやる
ポリの袋も
プレートも
わずかに　パイプのような
日傘をひろげ

小骨のように
おちるだけでよかった
が

砂の水

箱でもかごでもない
あぶくのような
小骨の
袋
砂は
なにぶん鉄のかべゆえ
がれきのように燃えはしない

が

かつて、メメと呼ばれる職種の人たちが日常茶飯事のように市井をまわり
犬を追いこみすばやくバットで殴りころしていた　道具もカゴもメンタルな
商いだから、足かせはいらない　はねる水にも袋にも
ある日の午後一匹の犬がつかまった　すでに首には針金の紐がかけられ逃れ
ようと必死でもがいていた
大勢の力じまんが固唾をのみ、遠巻きにとりまいている
水たまりだから
ひも、だから
風は
砂にも　あぶくにも
石ころだったかこん棒だったか
バットのように

カゴに封じていたもの
その砂と水
ハコは
鉛の
船ゆえ
がれきのように
逃げはしないが
はり金は　チェンソーのように
よりふかく
あふれる水にも
小骨にも

ゼリーの、うさぎ

バケツも桶も
皿よりも
おもい蓋
ウサギよりもずっと重い
石
手がきれるほど
ちりめんのように冷たいものだから

あふれる砂は
皿をこえ
はるか山はだのように
粗い
ボウ、ここ持っていろや　ぜったい放すなよ　いきなり義父から呼びつけら
れひきつった手で桶のフタをおさえる　平らでない石とちりめん　泡と水が
噴きだし何かがモガいている　かるくはない午後のひととき
ボウ、もう動かんようになったか　戻ってくるやロレツもわるく酒くさい
いいから　フタ取れや
手足ガ痺レルヨウナ鋼デハナイガ枷デハナイガ　ソコニハ先程マデ弟ノヨウ
ニジャレツキ嬉シソウニ跳ビ回ッテイタぴょん太ガ口ヲ曲ゲタママ、桶ニ
　なんの咎も
　水にはないが

久かたの
その夜の皿にもられたあかい砂　ましてや多くの石のこと
今ハ遠イ昔　長患イノ末ノコトダガ　袋ニモ、柳ノ枝ニモ恵マレテ　オムツ
ノヨウニ柔ラカナ人　オリシモ豪雪ノ年ノ瀬　塵ノヨウナ柩ゴト　セイソナ
灰ニ

バケツも桶も
ふつうに
地べたに置いたもの
ボウ、ここ持っていろや
泡のように
ゼリーのように
ボウ、もっとつよく押さえんかい
どれほど広い

地べたでも
灰はおろか
小石まで
砂には
やはり　鉄のようなげんこつが

ミサヲさんの彼岸花

飴にもいろいろあろうが
かたっ端から
くさびのように
先の
とがるもの
ひきつったような手で
なまあったかいアメをだされても

かすれた声には
およそ　あの歳までの
にがい残土が
焼けあとに

昔
隣家に目が半分くさったようにとびだしている汚いなりの婆さんがいた　（かなり年寄りにみえたが意外と七〇歳くらいだったのかもしれない）
ミサヲさんはいつもうす汚れた同じ着物でズルズル足をひきずるようにして私の家に出入りしていた
先立った一人息子の話　のこった嫁の仕打ち　いっそ死にたい　早う逝きたい
万作のいるアミダさんのところ　後はいつも目ヤニと鼻ミズ
ああ、またはじまった　ボクはわずらわしい呪文のように聞いていた　そんな

ある日のことミサヲさんは
障子
の　外からすり足で
　またくるよ　またくるよ
つぶやくように帰っていった
　こなくていい　こなくていい
ボクは聞こえぬふりをしていっさい返事をしなかった
それからまもなくミサヲさんは倒れ、私の家に
二度とくることはなかった
　また来るの　またおいでよ

鉛でない
飴でない

ミサヲさんの彼岸花が咲いている

柵

さみしくなって
ひとりっきりの
空を
なぞっていたら

そらにも　柵があるらしい

きょうも
いつしか
あなたという輪郭に
ぶつかっていた

Ⅱ

２０１５〜２０１７　ランプの風

ダリの、卵とナプキン

あわくぬるいチーズ
ぬれそぼったピザ
それって　スカートのあわい秘めごと
ひきさかれたナプキン
超次元のただれた時計のように
どれも　ダリが好んだ
屍肉のような

卵
その骨片

ボク、石とドングリを手のひらいっぱい集めたよ
アーちゃん　手をだしてごらん
アーちゃんは困ったように
ザラザラの砂に
「いらないの」、
小さく風を伝えた

アーちゃんは　トマトが大好き
陽にあたる
つゆのように

空がいっぱい
でも　どこかおかしい
すみの方まで広げても
弓のようにねじれていくテーブル
石というピザ
卵というチーズ
どれも
私が語るのは
ふつうに
せいそなナプキンで
ダリとテーブルの距離ではない
トマトと風にゆがむもの
ねじれた家と白い砂

アーちゃんさえよければ、私だって
ダリのように
石とドングリをすてる

ピカソの、らんぷと仮面

（アーちゃん、ボクは仮面のようなピカソがきらいだ
フラメンコも「ゲルニカ」も）

※

火じゃない
炎じゃない
私が問うのは
ピザのようななまぐさいひづめ
そのとっ先　ダチョウの足のような靴が
闊歩する

やわらかなこの世の、きしみ
あらい砂
爪とは
やはり　あつくておもいブリキのようなかさぶたであろうか
こげるほど焼きすぎたかたいピザ
ひづめも
靴も
その、膝がしらほどのはざま
空きカンやビンであっても
フライパンのように
ランプのように
ピザもパスタも
笛の一つも　凶器のようなものだから

アーちゃん、ボクはきっと
ピカソのような　大きなおなかを
まっかな空に描いてみせるよ

あおむけの人形のような
土かもしれない
手足のような
花かもしれない
リアルなひまわりと凶器のらんぷ
みぞとはいわぬ　人骨とはいわぬ
さだかでない二つのらんぷ
ま昼から

いくたの仮面
私は　ただ
その、とがったひづめの鼻で
あまたの靴の、
ピザとパスタを

※　ナチスの爆撃をうけたスペインの町・ピカソ１９３７年油彩

ドン・キホーテの、骨とサンダル

なくしたのは　サンダルであろうか
骨であろうか
かしこの　霜のようなもの
雫のようなもの
たかだか　ブリキのあぶら壺
いっきに燃えたからと
生ゴミをあさる

カラスのようにさわぐことはなかろう
世間というには
サンダルが
サンダルというには
煙突が
くさびのように　マッチ棒からがれきまで
二どと消せない
火をつけて

元凶は　やはり
ブリキのような骨までをくいあらすカラスであろうか

セルバンテスは　ふぞろいの羽を

せいかんな彼に与えた
いや、かくいう私も
セルバンテスに
どんくさいサンダルを押しつけた

(煙突が
複数のそれでも
がれきのような　くさびでも
泡のように
飛沫のように)

壺には
あるまじき　モップのごときロマンスで

パブロと水の、間奏曲

（ボクはわるい奴です。でも、Ｐはもっとわるい奴です。
　女性を二人死なせています）
ムージャン　ノートルダムあたりかな
迷うから
輪郭がさわぐ
閉ざすから
はじくようにわれる

ドングリのように　ザクロのように
虫歯は
シーツをのばし
かたまった布団でねむる
おさないマリーを呼んでまるいおしりをぶつ
あさいから痛みはないの
（そう、Ｐは
　マリーにもジャクリーヌにもすごくやさしい）
わたしたち　鋳型かな
鉛かな
もう　のみたくはない
アンダルシアの　パンと麦

水かな　羊かな

ながく噛んでもいたくない
ガムのようなシーツをのばし
はるかな先　サバンナの
パンと麦は
安堵する
ゲルニカの、馬と婦人は
歓喜する
どうこくではない　おえつではない
骨のように
鉛のように定かでない
輪郭が

今にいたるも　ふっくらと
そのまま　そこのパンである
最たるしげみの
麦である

ムンクの、骨とコンビニ

（　ふつうではないから、じんじょうな骨ではない
《叫び》という氷　《叫び》という炎　）

ビンじゃあるまい　釘じゃあるまい
町に　いっぱいの
こわいもの
しゃくねつの雲であろうか
バットであろうか
ブリキのように

ゴミもバケツもせっけんも
すぐに火がつく
油だが
その
艀
鎖ともども
氷のように
この
道沿いに
甘ずっぱいコンビニ店
まして隣は　とてもおいしいパンとコーヒーの店
砂地の
日焼けはノーマルだから

ブラウスをぬぎ　ジーンズをぬぎ
うす着よ、ね
白昼　市バスに手をふる
あつい人
(後年　ボクの妻となる)

2017・6・28　京都市白川通り　さる交差点

小雨まじりの
うっとうしい日
あつい人とバスを待つ人
あぶない目で
鉛のように
傘をたたみ

つま先から　ボクは
町とコンビニの砂をはらう
骨とも皮とも
町に
日焼けは　ノーマルだから

ゴッホの、耳とテーブル

炎も
泡も
もう　耳に
迷いはない
そのさき　四方八方
いち陣の灰になるまで
とがったブリキのような

壁だから
水のように
うすいコップのへりに
カミソリがはしり
へやから
いっせいにヒマワリが
　アーちゃん、
ときには　ヤシの実みたいに
凶暴だけど
いがいと　モグラのようにくらくへこんでいるのかも
泡という炎
炎というブリキ
ヒマワリとて

一塊の肉
一片の骨
これ以上の根っこは　灰にも泡にもそぐわない
土と炎
コップとカミソリ
ヤシの実は
ジャガ芋じゃないから
耳が
二つ　そろって
はじめて　コップがテーブルに
まして先まで　石ころばかりの
世間こそ
水につめたく

ハンカチのように　地べたにも

ムンクと青年Mの、とがった帽子

さみしいとも　おそろしいとも
問うのは　バケツであって
泥ではない
もちろん　ミイラのような
あなたじゃない
瓢箪も
いらだちも

どこか　ひしゃげたバケツのようなもの
箒ともども
ふよういにおもくなる
邪恋と乱心
その骸
いきおいポルカのように　帽子まで
（1893年某月　オスロの東　ニーケベルグの高所
唐辛子のようにもえさかる雲の
宴
マドンナと青年Mの、恋の
骨灰
その　艀）
2014年（和暦・平成二十六年）5月某日　未明

東京都千代田区永田町1丁目7―1
とがったものから
腐ったものまで
雨あられ骨灰のように飛びかうが
はたして　せいそな
バケツと帽子
ポルカだろうか　ワルツだろうか
ムンクには　まっさきに
あのMの
とがった帽子を焼きすてるよう進言する
くさったカボチャに小ざかしいコウモリ
匿名なら
私にも　まだ

水と
帽子くらいは捨てられる

ロートレックの、マリアと卵

ボウフラなんかじゃない
ムジナ
コウモリ
そんな醜いものじゃない
ロートレックの、レトリック
うるわしい風のボレロ　炎のボレロ
娼婦もマリアも

肩にはおなじ
シルクのショールがかけられる
ムーランもルージュも
殿方の
いびつな氷に
今宵も　またとかされていくように

麦が
鉛をまげる
花が爪をたてる

（彼の芸術、及び身体の障害N症についての詳細は控えるが、父から異形は一家の恥とその名の使用を一切禁じられたことなど、煩雑な過去。私とて安易にトラウマを持ちだすような了見に与しはしないが――。アルコー

※

ル中毒症・神経症などを患い、36歳病没）

ロープのように
楔のように
アンリ・ロートレック
その砂と土
われた卵を
どう　固めようというのだろう
《ボク　小石にもつまずいたよ》
マリアという肉
アンリという爪
子どもらしくない靴に　しなやかなロープ
フラメンコだもの

卵だもの
どこからもみえない　すき間から
目をあかくして
《氷のせいじゃない》
あたたかなマリアと
かたい卵を語る

※参照文献『ロートレックの食卓』（講談社）　他

ジャコメッティの、パパと鑿

私が削るのは
かかとであろうか
こぶしであろうか
羽毛のようなじゅうたん
パスタのような泥土
カベにも　イスにも
くさびのように

しいたげるものと、しいたげられるもの
爪といえ　指といえ
えぐりようのない
肉をけずり　骨をけずる
（いやだ　そんなノ、ボクはまだヒヨコじゃないか）
いや、鑿の先の
たっぷりと　ふやけたチーズ
ねじれたパイプ
すてきだろう
羞恥のカボチャ　悔悟のヘチマ
いくえにも
しなやかなレモンの肢体
キミのその小さな靴をそろえるために

パパは
パパの、マドンナを削る
(ママはブヨブヨだから、切れやしないよ
　ズック袋も
　消しゴムも)
そう、ブリキのように
ママを
えぐるなんて
とってもながい旅
鎖くらい
重いノミでなければ
パイプだって　うんというまい
贅肉という凶器

生きるというきょうふ
大きくなれば
パパの、ノミが
きっと岩のように見えるから

さあ、ママのノミを返しなさい

フランケンシュタインの、フットボール

（……「私」ニ名ハ無イ。世間デハ皆フランケンシュタイン、ト言ウガ、アレハソモソモ「私」ヲ造ッタ冷酷ナ科学者ノ名ダ……。

爪が
爪なら
その石と卵　その岸辺
「私」はあのとき川でおぼれかけている少女をみつけ　とっさに飛びこみ頭からかきわけるようにして岸辺にひきあげた　……なのに、介抱のさなか

かけよってきた村人からいきなり銃弾をうけ、ウジ虫のように死にかけたの
だ）　　　　　　　　　　　　　　　　　　　　　　　　　　　　　　※
斧にして　鈍器
川ぞこの
頭骨であろうか
花のようなしずくとその、
ほむら
平成２７年（２０１５年）９月１９日未明
血ダラケノ怪物ノ夢ニウナサレ咳キコムヨウニ、目ガ醒メタ

ある街の
赤いじゅうたん
子どもたちに固いパンを分けながら

デザートもあるヨ
私は　とっさに鬼灯のようなウソをえらんだ
ふとったママさんも　やんちゃな兄ちゃんも
レモンをかじり飴をしゃぶる
えらい先生たちとも　休みの日には
みんなでわいわい　フットボールに興じていたヨ
バターならある
カボチャならもっともっとある
石と卵
雨と傘
岸辺にしておけ
いいから、その川っぷちの
モンスターにも

ま男にもなれない
私は
同列に
乙女と
フットボールをならべる

※参照文献『フランケンシュタイン』（光文社）

背と未来

そこにも　未来は
あった

やけっぱちな
その一歩を
空へ
踏みだすまでは
少なくても
それが
あきカンのように
すじ雲のように
ぼくの
背に

空とりんご

いかなる帰結であったろう
生涯であったろう

むぞうさに
未来を
りんごのように
齧ってしまったことは

(ぼくの背にひろがる
あなたという
沈黙)

どのように
空を　仰ごうと
あなたをおいて
そこには

誰もいなかった

あとがき

『パスタの羅んぷ』――洋燈《らんぷ》に羅の字をあてました。羅には羅針盤・森羅万象・沙羅双樹・阿修羅などなんとも不可解でとらえどころのないものが多くあります。意味はさておき、今は得体のしれない大きな乗り物にそろりゆだねようと思います。磁力にひかれ、このタイトルをえらびました。

ランドセルなどを中心とする身辺の話を、Iに。

ダリ、ピカソ、ゴッホなどの画家やドン・キホーテなど小説上の人物をモ

チーフに、骨灰・砂・鉛などややネガティブな世界に多く足を向けたものを、
Ⅱに。
　あつめました。

「羅」
もしくは、
この「絵空ごと」
石ころほどには
骨灰も

大橋英人

大橋英人（おおはし・ひでと）

1948年　福井県生まれ
現住所
〒910-0016　福井市大宮2丁目14-29
既刊詩集
『求めた狐』翡翠社　1977年
『SHARAKU（東洲斎写楽）』紫陽社　1985年
詩誌「木立ち」　同人
日本現代詩人会　会員

詩集

パスタの羅んぷ

著　者	大橋英人
発行日	2020 年 8 月 31 日
発行者	池田康
発　行	洪水企画
	〒 254-0914 神奈川県平塚市高村 203-12-402
	TEL&FAX 0463-79-8158
	http://www.kozui.net/
表紙絵	みずかとゆうき
印　刷	シナノ印刷株式会社

ISBN978-4-909385-20-8